胞衣

作田教子

思潮社

胞衣

作田教子

思潮社

こどもたち
　額にひかりを受けて
　さあ　行きなさい
空にはいつも
　通り抜けられる道がある

写真＝作田 碧
装幀＝思潮社装幀室

くじら
胞衣
子供の領分
星も樹も風も
懐かしき気配たちの眠り
ほおずきは鳴らない
みどり

くじら

教室で泳ぐ　くじら
潮を吹きあげて
ぼくを見守るように
頭上を泳ぐ
五時限目の明るい憂鬱の海
少し眠たい

トモダチは誰もくじらを見ない
センセイはくじらが見えない

くじらはとても元気だけど
少しお腹がすいている
だから
低い声できゅうっと啼いた
ぼくは給食のパンを
頭上に放った

開け放った空の向こうに
仲間のくじらがたくさん泳ぐ
ぼくはくじらに見守られながら
くじらを見守りながら
いつも教室にいる
センセイのことばがわからなくなってから
くじらと話をしている

トモダチがぼくを見なくなってから
くじらはいつもぼくを見ている

空も海も境界がなくなって
あっちもこっちも何もなくなって
ぼくはたぶん何処にでもいける
くじらといっしょに
七つの海も　七つの空も
泳ぎまわることができる

ぼくを見ないトモダチや
コトバのわからないセンセイに
たった一度
（さよなら）と言えば……

胞衣《えな》

ひかりの先まで裸足で歩く
薄汚れたTシャツと
泣いているような眼と
今日を生き延びるための微笑み
父はいない　母はいない
ひとりと　ひかり
斜めに形成された世界を裸足で歩く

（おなかがすきませんように

神様は時々どこにもいないふりをする
いつも空腹を抱えている
空き缶になって
道にひしゃげて転がっていたりする
捨てられたチラシになって
風に舞っていたりする
狂気を普通に演じたりする
声高に「革命を！」と叫ぶ大人の足元に
影になっていたりする

けれど子どもをいつも見ている
神の子が泣き叫ぶとき
神はそこに

雪のひとひらのひかりを降らせる
汚れたTシャツは
輝きながらひかりを受けとめ
子どもは深呼吸して
透明な風をおなかいっぱい食べている

神の子たちは神を知らない

子供の領分

泣きながら眠る術を身に付けた
それでも夢は笑っている
かなしいことからするっと脱出して
猫みたいに背伸びをした
ほんとうはかなしいっていう意味は知らない
泣くときはかなしいからじゃない
見えないところが　痛いから

笑う空、　死のとなり

笑いながら死の領域にも入っていく
ほんとうは死がなにかは知らない
でもほんのわずかな隙間にそれはいる

窓の外に強い風がいた
立ちあがる樹が大きく踊っていたし
海の波がせりあがって（おいで）と叫んだ
ぼくたちが生まれた日
それからぼくたちが死んだ日
風に呼ばれた日だ

かあさんだってとうさんだって
二度と大人になんてなれない
でも子供にもなれない

蜻蛉みたいに小さくなって
水たまりに沈んでふうっと息をひとつ吐いたら
もういなくなった
かあさんやとうさんは
風に呼ばれたんじゃない
笑う空も見えない
死の領域にも入れないままいなくなった

神様はいつもおなかをすかせているから
ぼくたちのおやつの林檎をあげた
神様も（おいで）と呼んでいた
暑い夏、ぼくたちが永遠の意味を知った日

星も樹も風も

痩せた猫が雨に濡れている
きみを前にも見たことがある
背中をなでた記憶も
ぼくの不具を語った記憶も
夕焼けがゆっくりと
色を変えていくように思い出す

ぼくに似ている背中
ぼくが捨てられた記憶を

きみはその耳で聴いていたはず
父や母の顔を忘れたのに
その声だけが身体のどこかに残っていることも
きみはずっと知っていたはず

どんな星空の下を歩いてきた?
どんな樹と対話しながら眠りについた?
大海原を走る風を孕んだ帆を
きみに見せてあげたい
遠い昔そんな船に乗ったきみの仲間がいたかもしれない

目的地を追放されたものに
はじめて存在がゆるされる世界が
きみとぼくの生きている場所だ

視野の内と外とを自在に入れ替えるまなざしも
きみは持っている
あたたかく寂しげな桃色の息が
ぼくのてのひらに吹きかけられる

過酷な暑さにも
残酷な寒さにも鋭く爪をたて
自由にそのままを受け入れ
生きて……

懐かしき気配たちの眠り

ほんのわずかなひかり　差し込む
常緑樹の深い森に
循環する生命の環
たたまれた記憶は
さらさらと蘇る
雨季に森を潤した雨が
記憶の森にも届いている
声や翳が実体
在ることは　虚

感じ取るものはその気配だ
かすかに　身体の奥
伝説の住むところ
記憶はそこに眠っている

石の橋が架けられていた村には
いたるところに小さな神様がいて
遊ぶ子供を見守っていた
光が透けていた猫の柔らかな耳も
方角を示していた犬の尾も
山のふもとの神様の場所で死んだ
落ち葉が積もり
ひかりの射さないその場所には
いつもひとりで行った

すでに翳の一部となった
生きものの亡骸は
濡れた毛のまま
眠っていた
音の無い　幻の目頭のように
そこだけが浮かび上がった
神様の場所

都市の狭間に
翳が落ちる場所がある
高層ビルの森から
ほんのわずかにひかりが差し込み
雨が降ると幽かな気配がする
白く磨かれた便器

螺旋階段のゆくえ
窓に映る四角い小さな青空
カラスの濡れた羽の色
金色の音を出して走る環状電車は
都市を切り取りながら
記憶の森へ入っていく

懐かしい気配は
しずかに眠っているから
わたしは傍らにそっと横たわる
壊れそうな気配に添寝する
神様の場所は
消えそうになりながら
かろうじてそこに在る

ほおずきは鳴らない

いつまで待っても朝日の昇らない朝
視界のひろがる山の中腹で
わたしを呼ぶ
ほおずきの音
濁音と吃音の混じり合った
祖母の声

朝日の昇らない日は
時間もかたくなに止まったままで

いつまでたっても
学校の始業のベルは鳴らない
だから
学校への道を行かずに
ほおずきを食べる
あけびを食べる
種子の多い果実を食べることは
少し残酷で
不機嫌な眉の形になる

ほおずきを鳴らす祖母
その器用な口元は異次元のようだ
草笛も
からすのえんどうも

いっせいに鳴り始める
山の中腹で
死んでいた猫が歩き出す
きのう家の塀を歩いていた老猫のしっぽだ
朝日の昇らない奇妙な夜明けは
鳴り物の音でいっぱいなのに
学校の始業のベルだけが鳴らない
山の動物たちがいっせいに姿をさらして
楽しげなしっぽが揺れる

ほおずきを鳴らす祖母の口元は
夜明けの入口
なつかしい
その　声

しっぽのように揺れる　その声

山の中腹で
少し不機嫌になり
それでも
わたしは　ほおずきを鳴らせない

みどり

草いきれの道　学校帰りの道草
みどりの力に埋もれそうになって
それでも　少しの秋
とんぼの羽ほどの透けた世界
ランドセルのなかの折れた鉛筆
錆びたナイフ　宛名のない手紙

家への道は何通りもあった
川を渡り　民家の庭を横切り

桑の実をほおばり
暗くなっても家に着かない
空が高くなった分だけ草の背が伸びて
そこに埋もれるとわたしはいなくなる
「ただいま」はずっと言えない
ランドセルを背負ったまま
夏の終わりの
セイタカアワダチソウのなかで
うずくまったままだ
果てのないものに向かって埋もれてゆく時間
ランドセルの中身だけが取り残される
姿の見えない友だちの声がする
母は今でもわたしを呼んでいる
手紙の文字が滲んで

最後の一行が雲のように空を流れていく

みどりの力はわたしを大人にさせない
草のなかに置いてきぼりにする
言えない「ただいま」の声が
身体の内側にこだまする

貸本屋さん
柱時計の店
暗い川の希望へ
ゆでたまご
夏の入口はどこの出口へ

貸本屋さん

小さな橋のそばにあった貸本屋さん、入り口にはガタガタいうガラス戸があって、お店はとてもきれいにお掃除されて、窓の下には川が流れていた。川の水音がいつもしていた。

お店には、陽が差し込んで、きれいに本を並べた本棚の片隅や、木の床に光が漏れていた。その場所で本を選んでいると、とても安心して、ふんわり干した布団にくるまれているようで、少し眠くなった。おばさんは、いつも白いエプロンをかけて、静かに笑っていた。

おばさんの話し声は、川の水の音に似ていた。

貸本は一冊十円、おこづかいの二十円を握って走っていって、いつも二冊借りた。本の題名をノートに鉛筆で書いて、おばさんは（ありがとうね）と本を手渡した。

雨の降る日は、外で遊べないから、ぼくはお休みの日は傘をさして貸本屋さんに行った。小さな川の水嵩が増して、お店の中にいてもゴーゴーと川の音が聴こえた。

そんな雨の夜は、本を読みながら眠ると、小さな貸本屋さんが、濁流になった川に飲み込まれ、ぼくはいかだのようになったお店の床の上で、本を握りしめたまま、どこまでもどこまでも流されていく夢をみた。不思議に怖いという思いはなく、そのいかだに向かって手を振っているおばさんが見えた。おばさんは夢の中でも、いつもと同じように笑っていた。ぼくは貸本屋さんの小さな床に乗り、何度も借りた大好きな本といっしょに、（ここから遠くへいくんだ）、という強い思いが身体中にあった。

ぼくが中学生になる春に、おばさんは店を閉めた。貸本屋さんにくる子供達があまりいなくなったからだ。

店を閉める少し前に、おばさんはぼくにあの本をくれた。

(いつも借りに来てくれてありがとうね、この本大好きだったわね、もらってちょうだい。)

その本は光や川の匂いを吸い込んで、いつもより少しだけ厚くなったような気がした。


大人になったぼくはその本を荷物の片すみに入れて町を出た。雨の夜の夢のように、ぼくはあの店の小さな床に乗って、おばさんに手を振って旅に出たのだ。あの店に差し込んでいた陽の光は、もう遠いきらめきのようになつかしい。けれどぼくはまだ川の流れの音を聴いている。

おばさんがくれた本のお話の中で、ぼくはまだ床のいかだに乗ったまま、川を下っている途中だ。

柱時計の店

その店は川の水音が聴こえるところにあった。

町のはずれの風の通り道になっているところだ。

子供たちはいつもその川沿いの道をはしゃぎながら学校へ行き、学校から帰った。小さなその店は柱時計の店。クリーム色のやわらかな日差しをあびたその店の壁には、柱時計がいくつも掛けられていた。丸い形、四角い形、アラビア数字の文字盤、漢字の文字盤、茶色の時計、ツートンカラーの時計、いろんな文字やいろんな色の柱時計が、それぞれの顔で時を刻んでいた。

子供たちの通りかかった時間に、おおきな音で「ボーン、ボーン」と

（おかえり）というように鳴るおじいさんのような柱時計もあるし、「チッ、チッ、チッ、チッ」と忙しげに時を刻むあわてんぼうの柱時計もあったし、止まったままの静かな柱時計もあった。

店のおじさんはいつもめがねをかけて、店の片隅の暗いところで電気をつけて腕時計の修理をしていた。おじさんは柱時計のように、時々、めがね越しに外を見ながら、川の水音や風の音を聴いた。

ぼくは毎日、柱時計の店の前を通って大人になった。おじさんは時々ほんとうに風のような声で「おかえり」と言った。

おじさんの声はおじさんの店の一番シンプルな四角い柱時計の音とよく似ていた。飾りがなく淡々として、時という見えない流れに忠実だった。

ぼくの家の柱にかかっていたとても古い丸いかたちが重なった雪だるまみたいな柱時計が動かなくなった時も、おじいちゃんがおじさんに頼んで直してもらったことがある。

ぼくの家の柱時計はおじいちゃんが、毎日朝になると椅子の上に登って螺子を巻いた。ゆっくりとやわらかい音で時を知らせた。目覚める時も、眠る時もその音に包まれてぼくは育った。


柱時計の音と、川の水音と、風の音は、なぜこんなに似ているのだろう、時はたぶん自然と同じ宇宙だからだろうか、漆黒の闇の宇宙からうまれ出る生命体に似た、とてつもない進化をそのなかに内包してきた時間という川が、柱時計の内側に生きていて、川の流れや、風の起こる地球の真ん中と呼応するからだろうか、

もう柱時計の店もなくなり、おじさんは遠い宇宙の彼方の時の始まりに還っていってしまった。

川の水音も、風の音も、なにか無くしてしまった記憶の片割れを探して

いるような声に聴こえる。
ぼくの家の古い柱時計はずっと前にとまったまま眠っている。

暗い川の希望へ

雨が降って濁流になった川をみていると怖いけれど、わくわくするのです。濁流になった川に何もかも落として、流してしまいたい、そのままぼくも流れてしまいたい、と　もういないぼくは、今でも考えたりするのです。

母さんは、雨が降り続いて濁流になった川に、橋の上からいろんなものを棄てました。ぼくがまだとても小さい頃でした。

ぼくはその濁流の川を見たくて、見たくて、母さんのスカートに摑まって雨の夜を歩いていったのです。

川は生きている猛獣のようでした。おおきな叫び声をあげて流れていて、
母さんは橋の上から生ゴミを棄てました。

産まれたばかりのまだ目の見えない子猫を棄てました。

穴のあいた鍋を棄てました。父さんの愛人の写真を棄てました。家の鍵も棄てました。

みんな無言で流れていきました。

すごい勢いで流れていきました。

母さんも無言でした。眼だけがきらきら光っていました。

それでも棄てたものは、みんな悲しそうではなくて、これから生まれ変わるための覚悟のように、水流に逆らわず強い意思になって、流れていったのです。

きのうという時間が、みんな流れ去るようなそんな夜でした。

ぼくは、母さんがたくさんのものたちを、棄てるたびに、「あっ」と叫

びましたが、その声は川の叫びにかき消されて飲み込まれました。そして、ぼくも流れていきそうに足がすくみました。が、ふしぎに恐怖というより、未来への流れの希望といっしょに、激しい川の流れのなかに流されていくような気がしました。

ぼくは、母さんのスカートを摑んでいた手を放して、空を見上げていました。夜の雨雲は泣いているような風景でした。けれどそれは暗い命をも含んでいるように重たく、強い空でした。

母さんは、眼だけがきらきら光っていました。その眼は、泣いているようにも、笑っているようにも、苦しんでいるようにも見えました。何も無くなったあとの母さんの心のなかには、たぶん暗い雨雲のような希望が芽生えていたような気がします。

母さんは、ぼくを抱き上げました。

無言でぼくを抱きしめました。
そしてぼくを
川の暗い激しい希望の流れのなかに
投げ込みました……

ゆでたまご

電車の中で拡げたらおばさんが持たせてくれたビニール袋に、ゆでたまごが二十個入っていた。薬のように包んである塩。

窓の外の景色は流れ、ゆでたまごをぽくぽく、ぽくぽく十個食べた。十個の黄身と十個の白身で、からだの中が二色に分かれた。

ちょっと茹ですぎたおばさんのゆでたまごは、黄身のまわりが薄くみどりいろ。その色はたぶんヒヨコになるために蓄えたエネルギーの色。

ゆでたまごは好きだった。塩とたまごの絶妙なコンビネーション。お互いに長所を褒め称えあうような謙虚さが温泉のような匂いをさせて窓からの風景に溶けていく。ていねいに、ていねいに殻を剝いていく、つるりんと剝けたゆでたまごは、わたしが産み落とした卵のように光っている。卵は殻を纏っているときは、沈黙してうつむいているのに、殻をでたゆでたまごはつるっとして陽気に笑っている。

わたしはそうしてゆでたまごを愛でながら、十九個も次々に食べたので、急性蛋白質過剰摂取反応を起こし始めた。つるりんとした丸いものは、みんなゆでたまごに見えてしまう。前の席に座っていたつるつるに頭が禿げ上がって、その頭の先だけが見えていたおじさんが、どうしたってつるりんゆでたまごに見えて、思わず嚙みついてしまうと、おじさんの頭はやっぱりゆでたまごだったり、斜め前の席のミニスカートの女の人の白いひざこぞうがつるりんゆでたまごで、そのひざこぞうにも嚙みついてしまう。

というような殺戮を繰り返しながら、列車は海沿いを走り続ける。世界はみんなゆでたまごだ。ひと皮剝けば陽気さに足すべらせる。過剰に摂取した蛋白質は焼かれる髪になり、焼かれる皮膚になり、流される血になる。

「禿げ上がった頭のてっぺんにも栄養を！」

ゆでたまごの残った一個をあげた子供が、スローガンのように叫んだ。

わたしはずっと旅をしている。旅の始まりにゆでたまごを持たせてくれたおばさんは、だいぶ前に亡くなった。

電車は海沿いを走り続けて、みんなゆでたまごを食べている。一皮剝けば殺戮も忘れてみんな陽気になれる。誰もゆでたまごを恨んではいない。

夏の入口はどこの出口へ

強烈な草々の匂いは獰猛なけもののようで草は子供を食べようと隙をねらっていた。青臭い息が首元に吹きかけられむっとする青臭さが身体中にまとわりついて離れない。主従関係を見せつけるような草の急激な成長は夏の生命力を誇示していきりたっていた。草の繁みの間には眠りこけている頑なな虫の背中が暗く見えた。

生ぬるいプールの底は簡単に通りぬけられる此の世の出入り口
気が遠くなるほどもぐっていると小さな魚になる。友達の声が遠くなり意味のわからない生き物のことばになって水面に浮かび始める。生贄の小さな魚。夏の神様は無口な入道雲に変わり異界への入り口を四方八方に開け放つ。（通りゃんせ）と唄いながらプールの水が淀む。

誰もいない暑い昼間の家は通りぬけの道。知らない眼をした猫がすまして通りぬける。大きな黒い蝶も通りぬけて行く。風も風も当り前のように通りぬけながら眠って動かない金魚の頭をなでていく。真夏の家の昼下がりは神隠しの道。視線は家を見まわしているのに、存在は限りなくうすくうすくかすかになっていく。大人達はこの世のひとではないように身動きもせず眠っている。存在のうすくなった子供はそろりそろりと足音を消して大人の午睡のかたわらを通りぬける。神社の大きな樹だけが風に揺れながら起きている。子供はその樹の下で遊びながらうすくなった存在を取り戻していく。

夏の子供はみんな行方不明になりたがっていた。夕暮れは暑かった昼を眠らせて静けさを纏い風は夕暮れの召使になって吹いている。颪の背中に乗って子供は空へ舞っていく。

遠くから子供の名を呼ぶ母の声がしても返事は聴こえない。

夏を通りぬけて子供はもう帰らない。

巡礼の鈴のように軒下の風鈴の音が遠くまで響いて。

薄暗い出発
明るい滅亡の日
餓鬼道
ペーパーバッグ
帰れない
バラが　撃つ
卒業

薄暗い出発

純粋さ（という得体の知れないもの）の湿度で
ぼくの身体が覆われると
膨満したような息苦しさで
どこにも出られない
胸まで浸かってしまうものに
ことばが濡れて
はりついたままの息苦しさだ

乾ききっているならいい

バラバラに壊れ
破片が突き刺さり
その痛みからぼくは出発できる

愛するものの前で
どんなふうにすべてを脱ぎ捨てるだろう
ぼくは乾いた眼をしていたい
そんな眼をして脱ぎ捨てたい
濡れたままでは
やさしさは重くなる

身体にはりつく
ことばも衣服もいらない
潔いふりをして

ぼくは出発したいのだ
薄い何かを突き破り
アーチをくぐり抜け
乾いた夜明けを目指して
神さまが眠っているうちに

明るい滅亡の日

「神無き時代だよ、ママ」
三才の息子が滑り台の上から
小さな手を振り、笑いながら言う
（さよなら）のように

「今日は喪亡の日ですね、お母さん」
八十才の娘が
明るすぎる窓辺を見上げて言った
白髪は輝いていた

（さよなら）のように

殺めてしまった子らを纏い
わたしは歩いていく
どこまで歩いても夜にならない
（さよなら）がこだましている

白日のもとに晒される日々が在り
陽が影をのみこんでしまうほど明るい道
同い年の母と出会う
母は「恋人に逢いにいくのよ」と笑った
母もまたわたしを殺めたひと
母もまたわたしを纏いながら歩いている

母に告げることばは消え
（永遠にさよなら）のように
明るすぎる陽が額に降りそそいだ

未生の（さよなら）を
母親は孕み
産み落とした瞬間から
その（さよなら）を殺める運命に
押し流される
永遠に死を孕む運命から
のがれようがなく
白日のもとに晒される覚悟

偽児は泣き続ける

殺めた者らと殺された者らで
街はふくらみ続け
（さよなら）は無言の大群集となり
街を歩き回りながらうねっていく

空は明るく晴れわたって。

餓鬼道

かたくなにいかりを携えている
正装してもふくれっ面をしている
雨を額に受け止めて
風にいつも不器用に向かっていく
誰かが倒れた理由には
必ず尖った空間があって
切り裂きながら片手を振り回している

この世界はまるいもので満たされているのに

なぜ尖った影ばかりが空に映るのかと
ママに問うと
まるいものを無理やり尖らせているのは
ヒト科の生きものだけかもしれないって
ママの優しさはいつも棘を持っている
使い古した夢も新しい希望になれると
ママは言ったけれど
ママ、子供の時間は永遠より遠いんだよ
隣の家でいつもピアノの練習している女の子
彼女が偉大なピアニストなんだ
学校で教わった定義なんてどこにも当てはまらない
歴史だって嘘ばかりだ
象や麒麟は小さすぎて
鼠は大きすぎるってことを

わからないなら
地球の小ささも理解できない

さあ
僕らはどんな色にいかりを染めるべきか
それが大きな問題だ

ペーパーバッグ

とても不安な
尖って　刺しこむような日々を
ペーパーバッグに入れて
雨の日に
知らない街を歩いている
知らない坂道
知らないコンビニ
知らないバス停を通り過ぎても
わたしの部屋の

窓の灯りも見えてこない
新しいスニーカーも濡れて
つま先から
見えない不安が染みこんでくる
持っていた
ペーパーバッグは
濡れてしまって皺だらけ
お腹をすかせた野良猫みたいだ
悲しい耳を抱いて
あてのない歩行を繰り返し
わたしの部屋の灯りを探す

雨があがって
季節が新しい風を吹かせる頃には

知らない街が笑いかける
野良猫が擦り寄ってきて
わたしの部屋には
オレンジ色の灯りがともる
ペーパーバッグを持って歩いていこう
いつも身軽で始まるんだから
いつも捨てることから
次の風は青く吹き渡る

遠くへ来たね

帰れない

学校帰り
なかなか家にたどり着けない
レンゲの花が一面に咲く田んぼで
そのまま埋もれる
解けないパズルを反芻しながら
何度も空を見上げる
答えは永遠の向こう側にかくされる

裏庭の井戸から水路を巡り

海までの遥かな道のりが
わたしの家への帰り道
生まれた時から
帰らなければいけない場所へと
目印の光る石を落としながら
水路を泳いできたのだ
さかなの目をした友だちと
きらきら泳ぎながら

まっすぐな光が額に射す夜明けも
色褪せていく前の黄金の夕焼けも
ランドセルの背に受けながら
ずっと歩いて

すべては必然の出来事
帰れない家と
帰るべき遥かな家へと
ひとすじに繋がれている

バラが　撃つ

暴力沙汰のように
田舎道に真っ赤なバラ　咲いている
見ているわたしは
銃口を向けられて硬直する　からだ

バラが知っているたくさんの罪
の　ひとつ
思いあたる
母を欺いて雨に濡れた日

父の背を呪った日
火を吹く銃口の化身
バラの棘に打たれる

あおぞら
青
を射るような鋭い
赤

罪は射られなければならない
重い罰を受けよ
バラは幾重にも重なる
重い花びらを受け入れよと

威圧する

やがて
雨が　打ち
風が　吹き
バラもまた花びらを散らす時
撃たれたわたしの右肩が
赤く血塗られる

卒業

その朝は透明な静寂に包まれて　夜に書いた手紙の文字が朝のひかりのなかで
決意した道への道標になって立ち上がろうとしていた。真新しい手紙で指の腹
を切って流れたひとすじの血が凝固していく。
夜は想い出のような重い時間が折り重なっていたのに　夜明けにはみんな目覚
めた鳥になって遠くへ飛び立っていってしまった。
特別な空を纏った夜明けだ。半身はまだ喪に染まり　ひかりを受け止めるには
戸惑っている目覚め。
カッコウの雛は巣から卵を落とし　いのちがひとつ振り落とされた朝。親鳥は
それを合図に夜明けと共に啼く。

それはぼくが真っ新に始まっていく朝だ。喪は次のいのちに明け渡された。

爪も骨も乾ききって　乾きの音が身体中に響いている。湿った感情も湿った気持ちもみごとに乾ききっていた。

掃き清められた部屋　古い柱時計が時を知らせているこの家からぼくが巣立つ朝だ。

ひとつずつ罪を重ねて大人になっていくぼくの部屋　畳の色は濃く変色して天井の雨の染みは幼い頃見えた恐ろしい顔に見えなくなっていった。春の眠さも今はなつかしい。ぼくは少しの物音でもすぐに目覚めてしまう。

父も母もまだ眠っている。

自分たちとはまったく違う雛を懸命に育てて　疲れ果ててもまだ親であることの憂鬱を隠し通している　誠実な人々。夜明けのひかりが父と母を包み込んでいる。

ぼくは確かにあの時もうひとつの命を締め出したのかもしれない。

遠い　遠いかあさん　ぼくが卒業する意味を知っていますか?
ぼくはまたひとつ罪の色を重ねてこの朝を迎えた。夜明けの静けさのなかを救急車のサイレンが異質な世界を受け止めよというように叫んでいる。
またひとつ　葉のしずくが輝きながら地に落ちて大地に沁みこんでいく朝だ。

ぼくの在る世界と　ぼくのいない世界が同じように存在するのだろう。
在ることも　無いことも　ひとつの膨大な世界のなかで同じように時を経て同じように過ぎ去っていく。
卒業の朝は固い覚悟を突きつけながら　すがしい空気の気配がする。父と母の憂鬱をぼくが引き受けながら歩き出す朝。

胞衣《えな》

著者
作田教子《さくたのりこ》
発行者
小田久郎
発行所
株式会社思潮社
〒一六二—〇八四二　東京都新宿区市谷砂土原町三—十五
電話〇三（三二六七）八一五三（営業）・八一四一（編集）
FAX〇三（三二六七）八一四二
印刷・製本所
三報社印刷株式会社
発行日
二〇一九年九月十五日